# PETIT PRÉCIS
# DE DISTANCE AMOUREUSE

# DU MÊME AUTEUR

*Femmes prodiges*, poèmes, Maison internationale de la poésie, 1984.

*Retour à Satyah*, roman, Aix-en-Provence, Alinea, 1989 ; rééd. Ancrage, Bruxelles, 2000.

*La Nuit d'obsidienne*, roman, Bruxelles, Les Éperonniers, 1992.

*Grain de peau*, nouvelles, Aix-en-Provence, Alinea, 1992 ; rééd. Bruxelles, Labor, coll. «Espace Nord», 1999.

*La Partie d'échecs indiens,* roman, Paris, Éd. de la Différence, 1994 ; rééd. Paris, Stock, 1999.

*Le Tueur mélancolique*, roman, Paris, Éd. de la Différence, 1995 ; rééd. Bruxelles, Labor, coll. «Espace Nord», 1999.

*La Leçon de chant*, roman, Paris, Éd. de la Différence, 1996 ; rééd. Bruxelles, Labor, coll. «Espace Nord», 2000.

*La Passion Savinsen*, roman, Paris, Stock, 1998 ; rééd. Le Livre de poche (n° 14893), Paris, 2000.

*La Question humaine*, récit, Paris, Stock, 2000.

*Le Portement de ma mère*, poèmes, Paris, Stock, 2001.

*La Chambre voisine*, roman, Paris, Stock, septembre 2001.

François Emmanuel

# Petit précis
# de distance amoureuse

LABOR

En couverture : Rogier Van der Weyden, *Présentation au temple* (détail), volet droit du *Retable de Sainte-Colombe*, Munich, Ancienne Pinacothèque.

Imprimé en Belgique
ISBN 2-8040-1612-9
D/2001/258/85

*On voudrait*
*que tout encore*
*soit à dire*

Louis Calaferte

*Comme un ensemble pointilliste,* avait-il pré-
cisé, s'accompagnant d'un ample mouvement
de la main, et j'avais pensé à ce moment-là
qu'il était fou, que dans sa façon de me regarder il y avait ce grain de luminosité typique,
ce quelque chose de fixe et de fiévreux qui ne
permettait pas le moindre doute, j'avais pensé
qu'il y avait toutes sortes de fous sur la terre,
lui étant du genre tranquille, normal, parfaitement adapté au monde, mais fou cependant, et
creusant tout seul ses petites galeries, et miton-
nant ses petites obsessions, j'avais pensé que
sous sa belle façade sociale, dans ce luxueux
bureau tout cuir et acajou où il me recevait,
derrière ses allures de vieux beau, ses manières
d'esthète (bizarrement accoutré pourtant d'un
peignoir de laine effiloché), il cultivait en
secret une aimable folie comme d'autres un

vice ou une passion coupable. Fou, je le croyais, j'en étais sûr, je l'avais vu à son air d'obnubilé alors que, développant son espèce de lubie à propos de la femme et de l'*ensemble pointilliste,* il aurait pu tout aussi bien ne pas s'apercevoir que j'avais quitté la pièce. Ancien professeur d'université certes, mais l'université est un grand vivier de fous, me disais-je, des fous bardés de diplômes, des fous radoteurs, des fous scientifiques, des fous photographiés sur les piédestaux de la renommée, avec toge, chapeau carré et palmes académiques, des fous atteints de la monomanie des mots ou des chiffres, lui de celle des mots à l'évidence, avec sa façon de s'arrêter au milieu d'une phrase pour la reprendre par le commencement, ou tourner maladivement autour d'une idée, ou se saisir d'un mot en le découpant en syllabes, tel son nom, Hattgestein, professeur Hattgestein, ce patronyme qu'il avait décliné d'un ton haché et sec comme pour m'en faire saisir l'impossible étymologie.

Et moi, je me voyais planté au beau milieu de sa folie, opinant poliment de la tête en cherchant à comprendre où il voulait en venir avec son *ensemble pointilliste*, et comment se construisait son petit délire, et surtout à quelle place je m'y trouvais convié. Après tout, me disais-je, mon métier, aussi peu avouable soit-il, est un métier de services, d'ordinaire j'ai à secourir la cupidité ou la jalousie morbide, pourquoi ne pas œuvrer pour la folie douce, surtout qu'à voir les vases Ming de l'entrée, le mobilier d'époque et la ravissante joueuse de luth qui m'épiait du fond de sa vitrine, il y avait tout lieu de croire que ses honoraires ne seraient pas mesquins.

Je veux tout savoir sur cette femme, avait-il déclaré, puis il s'était repris : enfin, non, pas vraiment tout, peut-on savoir tout sur un être, je veux des détails plutôt, des détails minuscules, insignifiants en apparence mais pourtant typiques, ce genre de détail qui vous fait dire : c'est elle, oui, c'est elle... Il avait sorti son mouchoir de sa poche pour s'éponger le front. Excusez mon trouble, avait-il murmuré, tout cela est très inhabituel pour moi et j'ai dû vaincre quelques réticences avant de faire appel à votre profession, fort heureusement j'ai eu de bons renseignements sur vous, de bonnes références, et l'on m'a d'ailleurs dit que vous n'acceptiez pas n'importe quelle affaire, ce qui dans le milieu est un gage de sérieux, voilà pourquoi j'ai osé franchir le pas. Puis, reprenant le fil de sa pensée : nous disions donc des détails, d'infimes détails, même s'ils vous paraissent futiles, notez-les, ne les perdez pas, saisissez la plus petite observation, le presque-rien, le presque-oublié de sa vie, son enfance par exemple, ce qui surnage de son enfance est peut-être du plus haut intérêt, soyez avec elle comme un naturaliste devant un phénomène merveilleux et inexplicable, entendons-nous bien, je parle d'un naturaliste du siècle dernier bien sûr, les seuls, les vrais naturalistes, ceux qui mélangeaient encore l'analyse et la passion, la science et l'art littéraire. Vous voyez ce que je veux dire ? Je ne voyais pas, non, mais je hochais la tête en signe de compréhension. À la fin de l'entrevue, il avait sorti une enveloppe de son tiroir et me l'avait tendue précautionneusement. C'est le seul cliché que j'ai d'elle, avait-il confié comme à regret, je vous le laisse pour les besoins de votre enquête, sachez que je n'en veux pas d'autre, la vérité que je cherche est plus subtile et plus intime, soyez peintre ou poète, surtout pas photographe. Il avait presque ébauché un sourire. Et veillez à ce qu'elle ne s'aperçoive de rien, c'est bien pour cela que je fais appel à quelqu'un de métier. Sur ce dernier point, je lui donnai toutes les assurances. Il griffonna d'une main tremblante le chèque pour l'acompte, puis il me raccompagna jusqu'au hall en s'appuyant sur une canne à pommeau dont l'embout métallique tintait à chaque pas contre le dallage de marbre. Appelez-moi très vite, dès que vous avez quelques petites choses, il avait dit : quelques petites choses.

La photo qu'il m'avait remise était extraite d'un programme de concert, tramée pour l'impression et fortement agrandie. On y voyait une femme en demi-profil, le cou assez long, les cheveux montés en chignon, elle regardait l'objectif d'un œil un peu distant, un peu supérieur, mais une arrière-pensée, une imperceptible volupté se lisait sur ses lèvres, comme si le photographe ne lui était pas indifférent. En voilà une qui fait oui et qui fait non, me disais-je, la curiosité piquée par ce visage retenu et sensuel, délicieusement oblique. Au revers de la photo, Hattgestein avait écrit ses initiales, *E.D.*, ainsi que la mention : *Orchestre Philharmonique*. Rien n'était donc aussi simple que d'acheter un billet pour le concert de l'Orchestre Philharmonique et prendre place assez près des musiciens, au deuxième rang du parterre, par exemple, l'endroit était idéal pour une première observation. Autour de moi, les femmes découvraient leurs dos nus ourlés d'étoles de soie sauvage, beaucoup de regards à l'affût balayaient l'assemblée. Par hasard, je m'étais assis dans l'angle exact de la photographie, d'où j'avais tout loisir de me déporter légèrement vers la gauche afin de guetter par-dessus mon vis-à-vis, entre la jambe du chef d'orchestre et l'épaule de sa voisine, la brève apparition de son visage.

Assise face à son lutrin, à cinq ou six mètres de moi, elle était parfaitement fidèle à sa reproduction, hautaine et impénétrable, avec cet air appliqué qu'ont les violonistes lorsqu'ils surveillent la partition, tournent la page en même temps, puis laissent retomber la main droite, l'archet leur longeant la jambe, dans cette posture à la fois prête et désinvolte de l'escrimeur entre deux combats. J'avais noté ces premiers détails : second violon, cheveux châtain-roux, aiguille d'argent piquée dans le chignon, petit mordillement des lèvres quasi systématique lorsqu'inclinant la tête sur la table de son violon (il aimerait ce mot exact : la table) elle redresse l'archet avant l'attaque. J'avais noté aussi : chemisier blanc avec col pudique et amidonné, médaillon d'argent assorti à l'aiguille du chignon, brefs regards vers le chef d'orchestre (expression soudain sévère, on sent son caractère résolu, une travailleuse), souliers austères et sans talon, petite cambrure du pied gauche, tension et attention, frémissement d'une mèche rebelle lorsqu'elle donne des coups de tête dans les mouvements secs, longue jupe noire, comme ses voisines exactement, mais avec chez elle un motif ton sur ton, détournement raffiné de la consigne d'uniforme. Plus haut, la taille est fine, les seins sont parfaits, deux petites pommes (attention, je me laisse aller), la carrure est solide, les bras sont longs, les doigts fascinants et acrobatiques, une bague sur l'annulaire, un point de beauté sous la commissure… Parfois, dans le mouvement de son archet sur la corde, elle inclinait la tête les yeux mi-clos dans la direction du flux mélodique. En contre-plongée c'était un instant de grâce et comme une invite à la suivre. Ils entamaient l'andante du concerto pour violon et orchestre opus 64 de Félix Mendelssohn. Entraîné par les premières mesures, j'avais fermé les yeux à mon tour et je n'avais plus rien noté. Puis, à la fin du concert, lorsqu'elle s'était levée pour saluer, j'avais surpris chez elle un air décoiffé, une vague lueur de plaisir ou même d'espièglerie que je n'avais pas non plus notée. Cette idée de noter était d'ailleurs absurde, d'autant qu'il m'avait semblé apercevoir au balcon mon vieux commanditaire fou, lequel pouvait tout aussi bien voir ce que j'avais vu. C'est donc qu'il attendait de moi d'autres détails d'elle. Le lendemain, j'irais à mon bureau et je ferais comme d'habitude, les enquêtes de routine, consultation de fichiers privés et discrètes filatures, par la suite nous verrions bien.

Elle se prénommait Ève, elle était âgée de trente-huit ans, habitait dans un quartier résidentiel, une villa en briques rouges avec de larges baies vitrées, une porte de garage automatique, une pelouse tondue à ras et une rocaille de petites fleurs. Elle était mariée à un avocat aux affaires plutôt prospères et au monospace gris, cent quarante-sept chevaux, parfaitement entretenu. Le couple se rendait au club de tennis le vendredi de huit à dix, au ski en février, à la messe de onze heures le dimanche et au théâtre les soirs d'abonnement. Deux enfants étaient nés de cette union tranquille, Arthur, sept ans, et Amélie, huit. Son emploi à l'Orchestre Philharmonique datait d'une dizaine d'années, mi-temps, trajectoire rectiligne, bonnes mentions. Elle donnait quelques cours particuliers le mercredi après-midi pour de jeunes élèves. Son emploi du temps était d'ailleurs rigoureusement hebdomadaire : faire ses courses le lundi au supermarché, recevoir ou sortir le samedi soir, s'aérer le dimanche en compagnie du chien (un pantalon léger pour ces escapades, des chaussettes rouges, une démarche aérienne, les cheveux au vent). Bonne connaissance de l'anglais, aime le sport, la nature et les comédies américaines. Son musicien préféré : Debussy. Je retiendrais peut-être cela, me disais-je sans trop y croire : Debussy et les comédies américaines. Plus sûrement, je noterais le griffon noir à l'oreille pliée et qui répondait épouvanté au nom de Bacchus, ce nom, cette intrusion bachique étant une curiosité dans l'ordonnancement parfait des détails de sa vie. Je noterais aussi le timbre de sa voix au répondeur, un timbre grave mais menacé par l'aigu, frémissant d'une espèce de halo soyeux, l'ombre d'un laisser-aller jouissif, mais contenu bien sûr, parfaitement maîtrisé derrière la rigueur du message : nous ne sommes pas là, laissez une trace de votre appel après le signal sonore. Pour le reste : rien, pas le moindre pas de côté, pas une entorse aux horaires, pas une clandestinité coupable. J'ai dû sous-estimer cette enquête, pensais-je, en reprenant rendez-vous avec Hattgestein, et en m'entendant lui dire au téléphone : voilà, j'ai déjà quelques petites choses mais ce n'est pas gras.

En effet, convint-il, penché sur mes pauvres notes, d'ailleurs je savais tout cela. Il s'éclaira un peu : excepté les chaussettes rouges, c'est nouveau chez elle des chaussettes rouges. Puis il recula sur son siège et demeura pensif comme s'il hésitait entre deux idées. Vous me dites Debussy, reprit-il, mais de quel Debussy parlez-vous ? Celui de *Pelléas* ou celui du catalogue pour piano, celui d'une toquade ou celui d'une passion profonde ? Vous me parlez de baies vitrées mais vous oubliez les rideaux. Sont-ils tirés, fleuris, voilés, quelle lumière intérieure laissent-ils passer ? Ce sont là d'infimes détails mais certains sont inestimables, (ça y est, il recommence), notez que je comprends votre trouble, et je sais que les méthodes de votre profession ont un pouvoir de définition assez grossier, redoutable certes, lorsqu'il s'agit de mettre en lumière un élément précis, mais ici rien n'est précis, le regard se doit d'être à l'écoute, c'est une pêche au filet dont les mailles sont larges, vous me comprenez ? Non, je comprenais de moins en moins. Il se leva brusquement et m'invita à le suivre jusqu'à la pièce voisine qui ressemblait à une salle de musée mais devait être un salon, aux murs tapissés de tableaux de maître, tous plongés dans une semi-obscurité. Là, au fond d'une encoignure, il fit éclairer une toile assez grande et que j'avais déjà vue quelque part. Le personnage de gauche attira d'emblée mon attention, il s'agissait d'une jeune fille vêtue d'une ample robe verte, le regard oblique, peut-être rêveur, la lèvre charnelle, un peu dédaigneuse, une main soulevant un pli de sa robe, l'autre portant un panier d'osier avec deux colombes. La ressemblance avec la femme était saisissante, dans toutes les proportions du visage et dans l'expression surtout, froide, un peu absente, mais peut-être complice, imperceptiblement. Ce n'est qu'une copie, commenta Hattgestein, elle est néanmoins très fidèle. Vous reconnaissez, bien sûr, la *Présentation au temple,* volet droit du *Retable de Sainte-Colombe* de Rogier Van der Weyden. Par extraordinaire, cette jeune servante nous regarde, elle laisse traîner son regard dans la direction du spectateur et ce phénomène est unique dans la peinture de Rogier. Ailleurs, si l'on excepte Dieu et quelques anges en majesté, les yeux des personnages sont toujours baissés ou détournés, comme si un écran de piété ou de pudeur devait interdire à leur regard de quitter l'espace du drame. Malgré cela cette jeune fille nous regarde, comme cette autre femme sans grâce exposée au musée de Berlin et qui fut, dit-on, l'épouse du peintre. Ce regard trahit donc l'intimité avec le maître, c'est pourquoi il nous touche tant. Reculez-vous maintenant loin du tableau, plus loin encore, clignez des yeux, imaginez-vous être à une distance de cinquante ou de cent mètres, voyez-la s'estomper, disparaître, puis revenez à elle, approchez-vous d'un pas tranquille, approchez-vous encore, entrez en contact, regardez-la venir vers vous, avancez, n'arrêtez pas votre mouvement, continuez jusqu'à rencontrer la toile, votre visage contre le sien car elle est à votre hauteur, et voyez-la alors se confondre avec la matière dont elle est fabriquée, les traits de pinceaux qui la constituent, faites à nouveau un pas en arrière et retrouvez-la. C'est cet écart qu'il nous faut garder en mémoire, me dit-il plus tard, alors que nous étions revenus dans son bureau. Trop lointaine elle n'existe pas encore, trop proche elle n'est plus. Il avançait la main en tremblant comme quand il m'avait parlé de l'*ensemble pointilliste*, mais je ne pensais plus à sa folie, je pensais à la ressemblance, j'avais une envie furieuse de retourner dans la pièce voisine pour vérifier la ressemblance. Ce n'est pas dans mes méthodes, lui dis-je, mais si l'on veut enregistrer quelques progrès il faudra que je noue le contact avec elle. Il fronça les sourcils, réfléchit un temps puis finit par accepter l'idée. La musique vous fournira peut-être un prétexte pour faire connaissance, proposa-t-il en me raccompagnant, cela figurait dans vos références, on m'a dit que vous n'y étiez pas insensible.

Si près, à distance telle que je pouvais la toucher, elle était en effet très belle, parfumée à l'*Air du temps,* un peu raide dans son pull à col roulé noir et intriguée qu'un homme de mon âge souhaite prendre des cours de violon. Elle dissimula finalement sa surprise en feuilletant un petit agenda à la tranche dorée pour fixer le premier rendez-vous. Au sortir de la villa, je n'osais tout à fait m'avouer que je venais de basculer dans quelque chose de cotonneux et d'excitant avec un point flou dans la zone du cœur. Sans doute un effet de l'*Air du temps,* me disais-je en redressant les revers de mon manteau, restons professionnel. Ce

jour-là, j'avais saisi deux ou trois détails sup-
plémentaires : collection de verroterie bleue,
flacons, flasques et fioles, alignés sur la com-
mode du hall (rien que de convenu), cigarettes
mentholées dissimulées dans le sac de cuir
fourre-tout d'où elle avait extrait l'agenda, pan-
toufles fourrées type charentaises sans rapport
avec l'élégant ensemble pantalon-pull noir et
l'allure générale plutôt gymnique (hop et hop,
je vais et je viens, j'arrive), enfin ce léger signe
d'agacement lorsque le chien s'était mis à
aboyer de l'autre côté de la porte (ah Bacchus
qui résumait à lui seul toute la secrète sauva-
gerie du lieu). En la quittant, j'avais aussi gardé
à l'oreille son intonation feutrée, sa manière
d'enrober les mots dans le souffle, et j'étais
allé à la bibliothèque pour me replonger dans
la *Présentation au temple,* retrouvant intacte la
ressemblance et fasciné par le fait que la jeune
servante me regardait sans me regarder, quel
que soit l'angle où je me plaçais. Ève aussi
devait souffrir de myopie légère, j'avais surpris
chez elle la même façon d'accommoder trop
loin, de promener un regard vague et comme
vaguement surpris, à moins qu'il se fût agi
d'autre chose, un œil qui se noie, un pressen-

timent qui passe, mais ce signe étant imperceptible je n'avais pas cru utile de le mentionner.

Six jours plus tard, la porte gauche de son hall d'entrée s'ouvrait sur un bureau-bibliothèque avec une table ronde repoussée dans un coin et deux fauteuils Louis-Philippe, l'un pour elle, l'autre pour moi. Elle était habillée ce jour-là d'un tailleur turquoise et s'enquérait avec conscience de mes motivations, de mes rudiments en matière musicale et de mes possibilités d'acquérir un instrument d'étude. Je fournissais des réponses appropriées : trois ans de solfège, un an de violon jadis, le regret de m'en être fait distraire, et l'envie, oui l'envie, de pouvoir jouer un jour une danse hongroise ou écossaise pour le seul bonheur de réchauffer la nostalgie et d'enjôler les enfants dans les fêtes. Elle notait très sérieusement mes paroles (mais qu'avais-je dit encore ?) dans un petit cahier à spirales, à la page de mon nom. Et tandis qu'elle prenait note, je lorgnais vers un nouveau détail, le motif à rayures de sa veste, la fine chaîne d'argent qui étincelait entre deux boutons de son chemisier, ou le fugace glissement de sa langue entre ses lèvres, suave signe d'application. Au sol, s'étalait un tapis d'Orient flambant rouge, au mur une bibliothèque avec quelques beaux livres en similicuir (le manuel du bricolage ménager, l'intégrale de Balzac, offre promotionnelle), deux gravures parfaitement alignées et un papier peint type averse de fleurs pendant la saison des pluies. Pas une fausse note, pas un signe de débridement, me disais-je, tandis qu'elle retrouvait son sourire officiel et que m'ayant inclus dans son horaire de semaine elle semblait déjà pressée de me voir partir. Il me faudra, pensais-je, beaucoup de patience. Beaucoup de patience, convint-elle en écho, c'est ce que la musique exige, et elle y ajouta non sans malice : une certaine obstination.

Alors donc, tout se figea dans cette scène unique et immuable, mon heure était toujours la même, j'ânonnais si la sol sol fa mi, aller et retour, trois fois, on recommence, je pinçais d'un doigt crispé la corde, je produisais sous son œil compatissant un son essoufflé, impur, si la sol, une fois encore, en direction de la fin de la première portée de cette satanée *scottish* qu'elle avait traversée d'un trait en quelques sublimes secondes, m'invitant ensuite à poser mes grands pieds dans ses pas de danseuse. Le décor ne changeait pas, Balzac et la verroterie bleue, seule sa toilette variait au fil des leçons et son œil s'éclairait parfois d'une approbation brève, nuancée de condescendance, la même que me vouait l'enfant prodige au splendide étui de violon et qui attendait dans le hall la fin exténuée de mon si la sol sol. Et rien qui dérogeât à l'ordonnancement de la leçon particulière, un jour elle était à peine plus fatiguée, décoiffée ou distraite, un autre jour elle avait eu un geste pour corriger la position de mon violon, mais un geste sans chaleur, sans hardiesse, simplement didactique. Parfois Bacchus geignait derrière la porte, une averse rayait la vitre, un ange passait sans conséquence. À la fin de la sixième leçon, me voyant lui remettre un chèque dont le montant était exactement le dixième de celui de Hattgestein, j'avais pensé que tout cela ne se résumerait jamais qu'à ce peu d'argent qui glissait momentanément (et par ma vénale entremise) de lui à elle. Pourtant, mon commanditaire semblait encore croire au progrès de mon enquête. C'est sa coque bourgeoise, affirmait-il, il faut attendre qu'elle se lézarde, mais je vois, je sens poindre l'ouverture. Ce que Hattgestein ne semblait pas voir, c'était le peu de détails que désormais je lui apportais, comme si mon instrument d'observation avait été mis hors fonction, secrètement ankylosé par le charme qu'opérait sur moi mon objet d'étude. Et je quittais en hâte le vieux professeur pour répéter les premières notes de la danse écossaise, imaginant qu'elle allait être contente, qu'elle me prodiguerait un sourire, qu'elle avancerait vers moi ses lèvres en murmurant : je suis surprise, monsieur, vos progrès m'enchantent. Car moins elle en donnait, plus elle se fondait à son décor, et plus j'étais pris au piège de sa splendide impassibilité. Cette femme est un tableau vivant, m'avait prévenu Hattgestein, et il devenait plus familier envers moi, se saisissait de sa canne et m'invitait à faire le tour de ses collections, une Vénus africaine, une déesse Khali dont il me faisait caresser le crâne, une Aphrodite alanguie sur un sofa, une belle au bain d'Harunobu et, pour fermer le cortège, la jeune fille aux colombes. La beauté, expliquait-il, est comme la lumière qui se pose, certains visages plus que d'autres prennent la lumière, mais au fond ils n'en savent rien, la beauté répond aux lois physiques de la lumière, diffusion, réflexion, diffraction, la beauté est comme le givre qui fond lorsqu'on le touche, seuls ceux qui savent regarder peuvent nouer un pacte avec elle, la beauté est toujours de passage, il faut aller vers elle les mains vides... Et il me prenait filialement par l'épaule, persuadé que je le comprenais, que j'étais dans l'exact prolongement de ses desseins, ignorant ou feignant d'ignorer que nous étions chacun absorbé par une partition distincte, lui : avancez vers elle puisque je vous paie, elle : tenez l'archet sans trembler, puisque vous me payez pour vous le faire entendre, et moi, alors qu'elle détournait son beau visage vers la fenêtre et que j'avais cru saisir un enrouement furtif dans sa voix, un léger trouble dans son regard, moi qui croyais mener la danse : si la sol sol fa mi.

Par bonheur, il n'en fallut pas trop pour provoquer la culbute. Miraculeusement échappé de sa cuisine, Bacchus posa sa truffe affectueuse et ses pattes sales sur mon imperméable alors que j'étais assis dans le hall, attendant docilement ma septième leçon. Consternée, Ève congédia vertement la bête, se répandit en excuses et me précéda jusqu'à son cabinet de toilette (myriade de fleurs aux murs, brumisateur à la lavande) pour tenter de nettoyer les taches. Grâce à ce contretemps inespéré, la conversation quitta les sentiers balisés de la pédagogie musicale. Il a dû sentir l'odeur de ma chatte, hasardai-je sans rire (pure affabulation, je n'ai pas d'animal), elle leva un regard intrigué et tout en récurant mon imperméable se laissa déporter avec moi vers l'ancestrale hostilité entre chiens et chats, puis de chatte en chatière, des chatières aux mœurs des félins domestiques nous nous égarâmes quelque peu dans un badinage de voisins qui commencent à faire connaissance. Et comment s'appelle votre chatte ? me demanda-t-elle dans le reflet du miroir. *Miss Phi-phung-li*, lui répondis-je. Elle manqua de pouffer. Gageons, fit-elle en se ressaisissant, que les affections de Miss Phi-phung-li sont moins salissantes. Nous étions revenus dans la bibliothèque, prêts à attaquer la septième leçon, mais avec chez elle comme chez moi une très nette tendance à la dissipation, peut-être même une sourde envie de rire. Après l'exposé poussif de la danse écossaise et comme par extraordinaire le petit violoniste prodige était en retard ce jour-là, elle revint vers ma chatte. Et pourquoi ce nom : Phiphung-li ? s'enhardit-elle soudain. Parce qu'elle est de race birmane, lui répondis-je très sérieusement. Elle me considéra avec une perplexité amusée. La conversation reprit, entre esquives et aveux voilés, sur le fil d'un jeu qui installait peu à peu ses règles. Elle était tout à coup curieuse des habitudes de ma chatte et me fixait d'un air tendre et ironique comme si elle voyait dans mes yeux le fond de mon mensonge. Miss Phi est une altesse noire dont je ne suis que le domestique, dis-je, elle prend ses aises sur mes coussins de soie et ne se nourrit que de saumon fumé (erreur légère : les Birmans sont brun chocolat). Et vous ne vous lassez jamais de ses caprices ? me demanda-t-elle la joue brûlante. Je suis d'un naturel accommodant, annonçai-je. Cette fois, elle ne put retenir un très large sourire, se mordit les lèvres, tout à la fois conquise et intriguée, désireuse à l'évidence que je continue à l'entretenir des manières de ma chatte et donc un peu de moi. Étais-je le seul domestique de Miss Phi-phung-li ? Quelles relations entretenais-je avec les gros matous qui ne devaient manquer de tourner autour d'elle ? Je répondis que les horaires irréguliers de mon travail de *photographe* lui donnaient bien assez de temps pour vaquer à ses amants. Elle détourna les yeux et parut rougir.

À dater de ce moment-là, les leçons prirent un tour inédit. Avant de commencer, elle prenait des nouvelles de ma chatte puis, une fois ce petit rituel consommé, elle m'invitait à ouvrir la partition à la page prescrite, tenir fermement la note, non sans qu'une espèce de menaçant fou-rire rôdât autour de nous, comme si elle savait que j'étais manifestement venu pour autre chose, que je savais qu'elle savait, et qu'enfin elle me savait savoir qu'elle n'était pas dupe. Une fois le violon posé, et tandis que Bacchus griffait jalousement le bas de la porte, elle se laissait reprendre avec moi au jeu de la conversation légère et exquise, j'essayais de maintenir en éveil la lueur amusée de ses yeux bleu-vert, de Miss Phi nous dérivions vers mon prétendu métier, la photographie, un art difficile, la captation d'instants fragiles, et elle me croyait sans me croire, se laissant agréablement circonvenir, comme je me laissais aller à la trouver charmante, toujours pareille et différente, noire ou fuchsia, nimbée de fleurs ou de pastilles, parfois plus taquine, attendrie, sensuelle, parfois plus encline à rire, et renversant la tête en riant, et me touchant le bras en éclatant de rire, dans cet *Air du temps* qui nous isolait l'un et l'autre comme des amants sur une barque qui s'éloigne de la rive. Tout devenait prétexte à tout : tiens il faut que je vous dise, tiens j'ai pensé, tiens nous parlions de cela l'autre jour, je suis sûr que vous raffoleriez..., et ainsi se cousait une histoire d'amour comme des millions d'histoires se cousent au même instant dans le monde. J'en oubliais Hattgestein qui avait loué la barque et se faisait de plus en plus petit sur la berge. Par conscience professionnelle et pour faire durer le manège, je lui apportais quand même deux ou trois petites choses d'elle: elle préfère la montagne à la mer, le thé au café, Debussy à Ravel, c'est une confirmation, son violon est un Mougenot, il lui fut offert par son mari pour son trentième anniversaire, pour les yeux j'hésite entre le vert tirant vers le bleu ou le bleu attiré par le vert, de toutes façons c'est une question de lumière et elle porte des lentilles de correction. Mais encore, mais encore... rechignait mon commanditaire dont l'humeur s'assombrissait, qui devenait curieusement nerveux, maussade, marmottait: je ne vois plus très bien, non je ne la vois plus, quelque chose ne fonctionne pas bien dans le dispositif, ce n'est pas cela que je. Moi je la vois très bien, pensais-je en empochant son chèque, je vois très nettement ses petits seins saillir sous son chemisier, et ses jambes se décroiser sous sa robe, et ses cheveux châtain-roux crisser dans la lumière, et onduler ses hanches, et sursauter ses petites fesses allègres, et grandir, oui grandir, le dessin de ses lèvres lorsqu'elle s'extasie ingénument: c'est bien, c'est très bien, je suis fière de vous. À la fin de la douzième leçon (très peu de scottish ce jour-là), elle se lança brusquement: au fond, j'aurais une petite demande à vous faire, verriez-vous une objection à m'agrandir quelques photos d'enfance ? Elle était soudain hors d'haleine. Pas le moins du monde, lui répondis-je, je puis même vous montrer comment se pratiquent les agrandissements, vous m'enseignez patiemment votre art, je serais très heureux à mon tour de vous initier à mon artisanat. Elle en fut toute décontenancée mais ne dit pas non, s'avança même jusqu'à refuser ce jour-là que je la paie : ce sera un service pour un autre, votre leçon contre la mienne, et elle ajouta dans un souffle : puisque nous sommes amis.

La suite est écrite dans tous les livres. Au fond de la cave où j'agrandis d'ordinaire mes clichés compromettants, l'*Air du temps* se mélangeant à l'odeur âcre de mes produits chimiques, nos mains tâtonnaient dans la pénombre rouge, nous nous effleurions sans encore nous toucher, je sentais glisser ses cheveux sur ma joue, et la caresse de son pull mohair, et sa voix toute proche, asséchée par le sentiment d'imminence, puis, lorsqu'apparurent les premiers traits d'un visage sur le papier

luisant qui flottait à la surface de mon révélateur, à la faveur de ce bref miracle, elle laissa
tomber sa tête sur mon épaule, et d'un coup ce
fut le signal de l'étreinte, son corps fit bruta-
lement volte-face, fondit contre le mien, nos
lèvres se trouvèrent, prolongeant un baiser sans
fin, tandis que nos mains déjà folles d'impa-
tience s'insinuaient vers la peau de l'autre, fai-
saient claquer sangles et ceintures, et voici que
j'avais tout contre moi un violon-femme, pal-
pitant et grandeur nature, qui sublimement
entrait en résonance, Ève dressée, Ève exultant
devant l'ampoule rouge de mon laboratoire et
jetant de petits rires aspirés, brefs, telle une
nageuse prenant l'air à plusieurs reprises puis
replongeant dans ses eaux profondes, à l'instant où je me disais : ce hoquet d'amour, ce
chant, je le possède, c'est le cadeau qu'elle me
donne, ce détail-là annulant tous les autres, je
le saisis et je le garde.


Avec ses yeux de six ou sept ans, son grand
sourire édenté, elle riait aussi sur la photographie, son cou vrillant devant un alignement de
façades, blanches comme le ciel et sa peau, car

le cliché était surexposé. Ailleurs, elle trônait en maillot sur un monticule de sable, ailleurs dans le même arpent de plage, elle se tenait debout, une pelle à la main, à côté d'un petit garçon nu. Ce sont les ombres du temps, avait soufflé mystérieusement Hattgestein, puis il avait sorti sa loupe et, plié en deux, l'œil à quelques centimètres des photographies, il s'était replongé dans la contemplation méthodique et fascinée de ces instantanés. Plus tard il avait relevé la tête et me fixant bizarrement, mais sans me regarder vraiment, il s'était mis à me poser toutes sortes de questions. De quand dataient les clichés? De quelle année exactement? Où avaient-ils été pris? Dans quelle ville? Et pourquoi là? Et pourquoi cette année-là? Et qui était derrière l'objectif? Et quel était ce petit garçon? Était-ce son petit frère? Et comment s'appelait-il, son petit frère? Je répondais ce que je pouvais, je brodais autour de la seule mention de temps et de lieu tracée au crayon derrière l'une des photographies, *La Panne, juillet 19...* De toutes façons, il ne semblait pas m'entendre, chaque question ouvrait à une autre question comme s'il cherchait ainsi à épuiser coûte que coûte l'effet des images. À un moment, il s'arrêta net et rassembla d'un air décidé les photos pour les fourrer dans le dossier de cuir qui contenait toutes mes feuilles de rapport, puis son œil revint se poser sur moi en silence, cette fois il avait vraiment l'air de me regarder. Vous commencez à voir ? hasardai-je pour tromper le malaise. Je vois surtout l'impossibilité de voir, murmura-t-il, je vois ces petites choses que vous m'apportez et à cause d'elles, à cause d'elles justement, je ne la vois plus, elle disparaît derrière ces mille détails que j'ai sollicités et qui encombrent désormais ma vue. Depuis que j'ai fait appel à vous, on dirait qu'elle s'est perdue, son image ne vibre plus de la même façon, et quand je la regarde au concert je pense désormais à ce que vous m'avez dit, ces anecdotes, ces détails sans lumière, il semble que d'un seul coup son énigme est devenue sans objet, elle salue, elle disparaît dans la coulisse, je ne la vois plus. Il prit une ample respiration. C'est à l'évidence un problème de méthode, poursuivit-il comme halluciné, on croit voir au travers d'une lentille grossissante, on n'aperçoit que la lentille, les irisations, les minuscules poussières à la surface de la lentille. Lorsque j'étais critique d'art, j'ai toujours buté contre cette difficulté majeure, comment parler du bleu ou du rouge dans la Peinture Flamande, comment parler du bleu du manteau de la vierge sans que s'éteigne à jamais la couleur derrière le mot qui la qualifie ? Se penchant vers moi, il enchaîna à voix très basse : essayez de comprendre, monsieur, une femme vous regarde un soir après un concert de Mahler, une femme vous croise par hasard, pendant deux ou trois secondes elle jette vers vous un regard dans le vide, comme si elle savait que vous veniez de la reconnaître et attendait que vous fassiez un pas vers elle, ce pas que vous ne pourrez jamais accomplir, jamais, mais que toutefois elle appelle, vous laissant là sans voix et sans force, obsédé par elle, condamné à revenir sans cesse à l'endroit où vos regards se sont croisés, et à assister à son concert chaque soir s'il le faut, parce que vous pensez désormais que ce regard qu'elle adresse comme indifféremment au public vous est peut-être destiné, jusqu'au moment où en désespoir de cause vous faites appel à une agence privée, vous trompant lamentablement d'auxiliaire, car l'homme n'est pas du même monde, comment pourrait-il l'être, malgré ce que l'on vous a dit de ses capacités professionnelles ou de ses prétendues dispositions pour la musique, et vous découvrez peu à peu que ce qu'il vous donne à voir vous empêche au même instant de la voir, vous prenez conscience que ces détails innombrables qui devaient vous initier à son mystère ne font que l'épaissir, à tel point qu'un jour vous ne voyez plus que ces détails, votre vue est définitivement brouillée, il a pris place entre vous et elle, il fait écran de tout son corps, vous ne voyez plus que lui. Le vieux professeur me regardait avec une fixité terrible, je ne sais s'il attendait une réponse mais il me regardait. Je m'entendis bredouiller : je comprends mieux maintenant, monsieur Hattgestein, je crois que je comprends mieux. Qu'est-ce que vous comprenez ? rugit-il. Je répondis : le bleu du manteau de la vierge. Son œil s'écarquilla, sa main se leva comme si je venais de prononcer un effrayant blasphème, il se dressa d'un bond, fit nerveusement plusieurs tours de la pièce en faisant sonner sa canne sur le dallage, enfin revint s'asseoir à sa place, reprit en main le dossier de cuir et, cherchant à retrouver contenance, longuement me reconsidéra. Essayez encore, fit-il, l'œil soudain perdu, la voix tremblante, mais surtout n'abîmez plus rien, promettez-moi que vous n'abîmerez rien. Je le lui promis. Il me raccompagna sans un mot jusqu'à son hall d'entrée, referma derrière moi les quatre verrous de sa porte. Un grand fou, me disais-je en poussant la grille de sa maison de maître, un grand fou décidément.

De l'autre côté, la vie m'ouvrait ses grands bras, l'amour ne perdait rien pour attendre. Comme j'appelais Ève pour m'assurer du prochain rendez-vous, elle me répondit à voix très basse, haletante, qu'elle m'attendait comme prévu au jour de ma leçon. La leçon, la treizième du nom, eut lieu dans une sorte d'inconfort et de précipitation fougueuse. Les rideaux tirés, nous abandonnâmes très vite les premières mesures de la danse écossaise pour d'autres transports à peine moins musicaux, le grincement de la chaise Louis-Philippe puis le pépiement des roulettes de la table ronde qui cognait frénétiquement contre la plinthe, tandis que Bacchus couinait comme fou derrière la porte et qu'Ève émettait debout et à la cantonade ses petits cris fêlés de jubilation. La sonnerie puis le bruit mat de la porte d'entrée nous ramenèrent brusquement à la raison, l'obligeant à se rhabiller en vitesse et disparaître dans le cabinet de toilette heureusement contigu, pendant que j'avais repris en main le violon pour couvrir ses bruits d'eau, retrouvant tel un automate le chemin d'un si la sol transi qui résonnait encore de son chant d'amour interrompu. Allez jusqu'au bout de la note, fit-elle à voix forte en reprenant place de profil sur sa chaise et en sortant de son sac un petit miroir de poche pour retoucher son maquillage. Je m'exécutai pendant quelques minutes, elle vérifia que tout fût bien en place : les rideaux, les murs, les plis de sa robe, et dans cet ordre enfin retrouvé, redevenu immuable, je pus lui glisser à l'oreille que les conditions n'étaient pas optimales et qu'il valait mieux se voir chez moi, dans la tranquillité de mes appartements. Lundi de quinze à seize, proposa-t-elle en se mordillant les lèvres, elle y avait songé. Nous échangâmes un bref baiser pour clore la séance.

À partir de ce moment-là, les leçons eurent lieu à mon domicile, selon un rituel inaltérable, quinze heures cinq, elle envoyait deux petits coups de sonnette clairs, quinze heures dix, nous étions presque nus dans l'environnement consacré de ma chambre, ses vêtements soigneusement pliés sur une chaise, et déjà nous nous affolions les peaux de mille caresses en prenant peu à peu le large sur l'embarcation de mon lit, tandis que la douce brise de l'*Air du temps* gonflait la voile de l'amour, notre conversation étant alors réduite à de petits riens, des interjections, des invites balbutiées (oui, oui, c'est cela, oui, oui, encore) jusqu'à ce que dans la lumière tamisée par mes rideaux verdâtres Ève se cambre de tout son corps et lance ses sublimes notes finales. Je nous voyais alors flottant tous deux à un mètre au dessus du matelas puis retombant au ralenti dans un giclement de poussières dorées. Les corps commençaient ensuite à desserrer l'étreinte, se caresser plus mollement, elle soupirait d'aise en me tournant le dos, se lovait langoureuse autour du secret qu'elle ne m'avait pas donné, se laissait reprendre par une vague envie de parler, à propos de tout et de rien, mon lit dont il faudrait un jour remplacer le sommier criard, son mari qu'elle disait aimer mais qui était fort peu doué pour les choses de l'amour, là comme en affaires, pressé uniquement de conclure, et le reste du temps en voyage. À quinze heures cinquante, elle étirait ses longues jambes en sortant des draps et disparaissait dans ma salle de bain pour quelques ablutions cérémonielles, puis je la regardais se rhabiller, gracieuse et toujours très technique, enfilant ses bas de nylon, agrafant son corsage du bout des doigts, peignant ses cheveux vers l'arrière et rajustant savamment les pinces de son chignon. Pendant ces préparatifs, elle me demandait pourquoi je la regardais ainsi, je lui répondais invariablement : j'aime voir comment c'est fait, la beauté d'une femme. Nous terminions par un baiser de vieux habitués, il était quatre heures passées de cinq minutes.

Mais, au fond, comment était-ce fait la beauté d'une femme ? À l'instant où, à demi-habillée, elle remarquait mon regard posé sur elle, je pensais toujours à la même chose : qu'elle recomposait son mystère et dès lors commençait à m'échapper. Je pensais que celle que j'avais cru posséder était en fait une autre, venue échanger son corps avec elle, et déjà presque en partance. Dans la marée basse du désir, j'éprouvais un léger pincement de cœur et peut-être le sentiment d'un profond malentendu. Sans raison, je pensais aussi à Hattgestein.

Il est étrange que ma mémoire ait si peu de souvenirs de cette période, j'entends ses deux coups de sonnette, je la vois refermer précipitamment ma porte derrière elle (emmitouflée dans une écharpe beige, déposant sur la table un panier à provisions et déboutonnant son manteau couleur sable) puis elle réapparaît nue dans l'embrasure de ma salle de bain et commence à se rhabiller. Entre ces deux moments nous avions assisté à la grande bascule du monde, foncé dans la nuit des étoiles, pataugé dans la boue lumineuse des confins, nous nous étions usé les forces à traverser des forêts de lianes, terrasser le taureau, le tigre, le Minotaure, en un corps à corps dont nous ressortions ahuris et sans mémoire, elle enfilait ses

bas-nylon, son chemisier, sa jupe, elle redeve-
nait parfaite. Parfois, dans le peu de temps qui
nous restait, avant ou après, il lui arrivait de se
raconter un peu (qu'elle détestait son nouveau
chef d'orchestre, que son mari était à Singa-
pour, qu'ils envisageaient de construire une
véranda), elle se laissait aller en somme à ces
éphémérides puis elle se ravisait: je sais, cela
n'est pas très intéressant, et elle revenait dans
mes bras couler un long baiser d'oubli. Nous
sommes un trou dans la vie de l'autre, pensais-
je à ces moments-là, nous tombons ensemble,
main dans la main, dans le trou sans fond du
lundi quinze-seize. D'ailleurs, mon regard professionnel n'avait pu manquer de déceler les
exquises précautions qu'elle prenait afin que
personne ne s'aperçût de notre manège: garer
sa voiture le plus loin possible, ne jamais traîner devant ma porte, avoir toujours en main un
alibi ménager. Et surtout pas de cadeaux, pas
de lettres, insistait-elle, ça finit toujours par
traîner dans le fond d'un sac ou d'un tiroir,
mon mari est heureux comme il est, ne lui met-
tons pas la puce à l'oreille.

Et nous, étions-nous heureux ? C'est une question qu'il valait mieux laisser à d'autres. Quelque chose se fanait, il est vrai, quelque chose s'était peut-être déjà perdu, mais à quoi bon nous l'avouer. Avec le temps les corps ne s'étonnent plus, la double sonnerie du lundi trois heures ne m'affolait plus comme au commencement, j'aurais voulu de la nouveauté et du risque (une nuit au Central de Trouville, un jeu de piste dans Paris underground) mais l'idée du moindre risque la rendait méchante, elle avait envie d'autre chose qui n'était plus tout à fait moi, elle rêvait d'un voyage avec son mari à Cancun et Acapulco, nous sautions une leçon sans trop de regrets, quelques propos désenchantés émaillaient nos conversations d'après l'amour : tiens je te croyais plus drôle, tu devrais changer ton tapis, mais où donc est-elle ta fameuse chatte birmane ?, ah bon c'est cela de la photographie d'art, ah bon... Et ainsi commencions-nous à nous agacer l'un l'autre, à nous plaire et nous déplaire en nous agaçant, à nous chamailler pour passer le temps, l'embarcation prenait l'eau, le vent ne soufflait plus très fort, son corps se faisait rétif à mes caresses, le sommier geignait de plus en plus, le chant d'amour devenait poussif. Elle ne riait plus. La regardant dos tourné sur mon lit dans la lumière fade, sa lourde toison châtain-roux tombant sur sa peau nue, je pensais au chemin parcouru depuis le jour où, l'œil troublé, elle avait sorti de son sac son petit agenda à la tranche dorée. Je pensais que j'étais à présent passé de l'autre côté, je ne voyais plus que ses courbes et ses formes, j'avais dû rater quelque chose. Au fond, observa-t-elle ce jour-là en sortant de son sac une cigarette à la menthe, au fond notre histoire n'aura été qu'une courte nouvelle. Essayons de lui donner une fin ouverte, lui proposai-je en me forçant à sourire. Elle ne releva pas. La dernière fois fut comme les autres, à peine moins banale. La regardant se rhabiller, je m'étais surpris à me dire que ce petit cérémonial était devenu lui aussi quelconque. Incidemment, je l'avais questionnée sur le bleu dans la Peinture Flamande et elle avait levé la tête, intriguée. Alors, je lui avais demandé si elle connaissait le professeur Hattgestein, elle avait eu un haussement d'épaule et marmonné en réponse : ce vieux fou.

Le lendemain, je m'étais rendu chez le vieux fou pour mettre un terme à toute l'histoire. Hattgestein m'avait d'abord regardé avec méfiance. Je lui avais dis : je n'ai plus rien, monsieur, je n'ai plus rien à vous apporter d'elle et il avait paru soulagé. Il avait eu ces mots : votre erreur est sans doute la mienne, mon jeune ami, vous n'avez pas compris grand-chose mais qu'y pouvez-vous ? C'est un domaine où nous nous trompons souvent. Malgré ma réticence, il avait insisté pour me laisser un dernier chèque, pour solde, disait-il, de tout compte. Je le quittai avec l'impression qu'il ne m'avait pas tout dit, mais qu'importe. Avec l'argent du chèque, j'achetai une longue robe en chintz bleue, (lapis-lazuli précisai-je à la vendeuse effarée), et je la fis envoyer au domicile d'Ève sans mention d'expéditeur. Ce soir-là, une chatte noire vint s'installer sur l'appui de fenêtre extérieur et prendre la pose assise au-dessus du vide, en me regardant au travers de la vitre comme l'œil long de la tristesse.

La vie aime faire des cercles et il arrive que certaines photos oubliées surnagent dans mon révélateur. Du temps s'était passé, mon violon d'étude prenait la poussière au-dessus de ma garde-robe et je n'avais gardé de cette histoire que le sentiment d'avoir gâché l'essentiel, d'avoir touché à la musique, à la peinture et à la grâce, puis de m'être trouvé indigne de ces fréquentations. Trois ans plus tard, le hasard me fit découvrir dans un journal local un avis mortuaire concernant Hattgestein. Le texte dans l'encadré noir signalait qu'il avait été autrefois professeur de physique quantique et fondateur d'une éphémère revue d'art destinée aux aveugles. Le même hasard me fit découvrir dans une salle de vente sa petite joueuse de luth et son estampe d'Harunobu à l'ombre de vieilles horloges hagardes, parmi un amoncellement de cruchons et de porte-parapluies. Je cherchai partout la copie de *La présentation au temple* avec la jeune fille aux colombes mais elle était introuvable. Il n'en fallut pas plus pour que je me retrouve au concert, prétextant toutes sortes de bonnes raisons. Pour faire pièce à une obsession, me disais-je, par piété envers Hattgestein, ou pour comprendre, qui sait, avec le recul du temps, ce que je n'avais pas compris. Ève y était exactement à sa place, assise en demi profil sur sa chaise, toujours aussi belle et sûre de sa beauté, lançant parfois vers le fond du parterre ce même regard hautain et mystérieux qui rendait à nouveau tout possible. Après le concert, j'étais resté le dernier dans la salle mais quelque chose m'avait retenu d'aller jusqu'aux loges, j'avais pensé qu'il ne fallait pas céder à ce genre d'impulsion mais renouer un à un les fils, reprendre patiemment les choses par le commencement.

Depuis, j'y retourne assez souvent et elle ne change pas, les programmes varient, les solistes varient, le grand orchestre laisse parfois la place à un ensemble plus restreint, elle est toujours là, vêtue quelquefois de ma robe bleue. Parfois, je voudrais franchir le pas qui nous sépare, je m'invente des occasions, des entrées en matière, de petits scénarios pour la reconquérir, mais je sais que cela est vain, sur ce terrain la partie est jouée, j'ai abattu toutes mes cartes. Alors, quand enfle le chœur des violons, quand le vent de la musique couche comme un seul homme le peuple des cordes, quand Bach ou Mendelssohn éclaire son visage, je la regarde les yeux mi-clos et je cherche à la distinguer par petits points, comme une apparition. Ce n'est pas très facile car il faut s'ôter de la mémoire ce que je sais d'elle, ce que je crois savoir plutôt, ces quelques sédiments trop visibles qu'a laissés notre histoire. Dans certains de ces moments et si la musique est propice, il m'arrive de la voir se détacher des autres et soutenir à elle seule l'enchantement. Je repense alors à la jeune fille aux colombes, dont Rogier était épris, qu'il avait introduite dans son atelier pour ensuite l'habiller en servante princière et la mêler incognito aux riches donateurs, à Marie, Joseph ou Siméon, en la marquant du sceau d'un regard vers lui, ce qui est entre toi et moi nous regarde. L'émotion se retrouve presque intacte lorsque revenant du concert je pose sur ma platine un vieux disque vinyle avec l'opus 64 de Mendelssohn. Et lorsque l'aiguille arrivée au bout de sa plage ne revient pas à son point de départ mais s'entête à cogner régulièrement contre le vide comme un clapotis sourd, j'entends le bruit de la canne d'Hattgestein sur son dallage de marbre, et je reste un moment en son étrange compagnie.

# ESPACE NORD

## De la littérature plein les poches

*Rendre accessible au plus large public un grand nombre de textes importants des lettres belges de langue française, anciens et contemporains ; accompagner ces œuvres d'un commentaire largement explicatif et d'une iconographie évocatrice ; mettre ces textes à la disposition de tous, à un prix modique mais dans une présentation soignée : tels sont les buts de la collection ESPACE NORD, animée par toute une équipe.*

*La collection Espace Nord compte aujourd'hui plus de 170 titres et présente ainsi un vaste panorama d'une littérature dans sa richesse et dans sa variété, panorama qui va de Charles De Coster, Michel de Ghelderode à Henry Bauchau, Jacqueline Harpman et François Emmanuel.*

*La collection offre ainsi au lecteur des volumes réservés au roman, à la poésie, au théâtre, à la nouvelle, à la fiction autobiographique voire à l'essai. Les créations d'aujourd'hui sont confrontées à celles d'hier, l'avant-garde voisine avec le roman populaire, le haut langage est mis en présence d'un propos littéraire plus familier.*

*Découvrir le réalisme, le naturalisme avec les œuvres de Camille Lemonnier, Georges Eekhoud, Émile Verhaeren, Madeleine Bourdouxhe, Maurice des Ombiaux, Neel Doff, Charles Plisnier ; lire le symbolisme par l'intermédiaire des œuvres de Georges Rodenbach, Maurice Maeterlinck, Charles Van Lerberghe, Max Elskamp. De même, les auteurs surréalistes ne manquent pas : Paul Nougé, Norge, Achille Chavée, Louis Scutenaire, Marcel Mariën, René Magritte, Camille Goemans, Pierre Alechinsky,...*

*Nul doute que la collection Espace Nord se propose avant tout au plaisir de la lecture !*

DANS LA MÊME COLLECTION

La photocomposition de cet ouvrage
a été réalisée par TOURNAI GRAPHIC

Achevé d'imprimer en avril 2001
sur les presses de l'Imprimerie CAMPIN (Tournai)
pour le Compte des ÉDITIONS LABOR (Bruxelles).

Éditions Labor, 29 quai du Commerce
1000 Bruxelles
tél : 02/250 06 70 – fax : 02/217 71 97
http://www.labor.be – labor@labor.be